陳明克 著
Poems by Chen Ming-keh

赫迪雅・嘉德霍姆、
巫宛真、維雷斯・武岳、
Mariela Cordero 譯
Translated by
Khédija Gadhoum, Wu, Wan-jhen,
Uriel Alberto Vélez Batista,
Mariela Cordero

海芋
都是妳
Tú eres todas
las flores de cala

陳明克漢西雙語詩集
Mandarin-Español

台灣詩叢 • Taiwan Poetry Series 16

【總序】詩推台灣意象

叢書策劃／李魁賢

　　進入21世紀，台灣詩人更積極走向國際，個人竭盡所能，在詩人朋友熱烈參與支持下，策畫出席過印度、蒙古、古巴、智利、緬甸、孟加拉、尼加拉瓜、馬其頓、秘魯、突尼西亞、越南、希臘、羅馬尼亞、墨西哥等國舉辦的國際詩歌節，並編輯《台灣心聲》等多種詩選在各國發行，使台灣詩人心聲透過作品傳佈國際間。

　　多年來進行國際詩交流活動最困擾的問題，莫如臨時編輯帶往國外交流的選集，大都應急處理，不但時間緊迫，且選用作品難免會有不週。因此，興起策畫【台灣詩叢】雙語詩系的念頭。若台灣詩人平常就有雙語詩集出版，隨時可以應用，詩作交流與詩人交誼雙管齊下，更具實際成效，對台灣詩的國際交流活動，當更加順利。

　　以【台灣】為名，著眼點當然有鑑於台灣文學在國際間名目不彰，台灣詩人能夠有機會在國際努力開拓空間，非為個人建立知名度，而是為推展台灣意象的整體事功，期待開創台灣文學的長久景象，才能奠定寶貴的歷史意義，台灣文學終必在世界文壇上佔有地位。

　　實際經驗也明顯印證，台灣詩人參與國際詩交流活動，很受

重視，帶出去的詩選集也深受歡迎，從近年外國詩人和出版社與
本人合作編譯台灣詩選，甚至主動翻譯本人詩集在各國文學雜誌或
詩刊發表，進而出版外譯詩集的情況，大為增多，即可充分證明。

　　承蒙秀威資訊科技公司一本支援詩集出版初衷，慨然接受
【台灣詩叢】列入編輯計畫，對台灣詩的國際交流，提供推進力
量，希望能有更多各種不同外語的雙語詩集出版，形成進軍國際
的集結基地。

譯者序

　　我們感到相當榮幸能與西班牙語讀者介紹這本由陳明克所著的優美詩集。這部詩集由物理角度來解釋的話，每一個組成核心元素圍繞在台灣生活點點滴滴以及對這片土地的愛。如果要我們推薦一本西班牙文詩集的話，會先想達馬索・阿隆索（Dámaso Alonso），阿馬多・阿隆索（Amado Alonso）或者是埃爾南・洛約拉（Hernan Loyola）。藉由他們的作品分析：能指（signifier）、所指（signified）、讀者（reader）、評論家（critic）、文學主題（literary theme），另外更包含詩人的經歷與作品間的關係。

　　首先，如果要向西班牙語母語者說明中文作品的所指（signified）會需要更大的篇幅，在此簡單以兩個例子舉例：在〈暗夜〉的第二正旋舞歌（strophe）「螢火蟲」這個字如果直譯到西文即是火蟲，因此翻譯成西文時，正好在句尾的「火」這個字與第三行的詩句（verse）押韻，內容與形式上與中文的原文更為相似，即使因此讀者在閱讀上更需花上多一點心力來理解。在翻譯〈仙人掌〉時使用直譯的方法，如此帶給西語讀者更多的娛樂（ludus）效果。

　　接著，我們嘗試用西班牙文讀者的立場理解譯作的內容。在一首首的詩篇中，我們不難注意到有許多關於「花」、「植物」、「生物」與「大自然」的詩：〈油桐花〉，〈蒲公英的飛翔〉，〈拒馬釘上的花〉，連同詩集的標題《海芋都是妳》，不禁令西語讀者產生愛與浪漫主義的聯想。有一些主題是有關生活的人生各階段（stages of life），例如：〈老學者〉，〈壯年〉，〈貓樣歲月〉。

若我們細細咀嚼詩文，詩人的職業相關元素在其中（verse）處處可見。例如：在〈老學者〉有一些詩句（verse）中能見到：數學、邏輯、科技、計算機、程式等；在〈天使之舞〉中則有「新天新地浮現」。在〈壯年〉討論「宇宙如何生成」和「方程式」。在〈貓樣歲月〉有青春年華與蒼蒼白髮兩個不同世代間的對比。在〈天使之舞〉中能欣賞到台灣這片土地，如同「纍纍的稻穗被轉涼的秋風」等。另外也有主題涉及對美國政治評論〈掙來的春天〉；抑或兩岸之間的談話〈拒馬釘上的花〉；〈遊民的路上〉則提及警察跟遊民間的關係，表露出指控社會上嚴重議題及指出特定人士的痛苦。如此多的經驗和情感會讓讀者感動，給評論者深刻的印象，讓翻譯任務更加具有挑戰性。所以我們邀請觀眾盡力閱讀這本作品，瞭解作家的心裡、物理學、作者的生活點滴及世界觀，進而離福爾摩沙島越來越靠近。

維雷斯・武岳、巫宛真

目次

老學者

長久以來
他總懷抱無比的信心
經由數學
經由實驗
他要走到上帝的身邊

如今是更接近了
就等著
計算機完成交付的程式
閃閃的螢光
是千萬年來的呼求
他在恍惚的星塵之間
聆聽著神
超乎可解與不可解之間
飄飄茫茫的聲音

他的朋友從獄中回來

跟他訴說

那年的暴動

刺耳的槍聲已經模糊

人影卻不斷分裂、旋轉

他霍然站起

腦海中被酒激發的血，像怒潮

幻化成漫漫長夜

無法捉摸、糾纏不清的呼求

他剛講完課

年輕的學生在窗外

微笑著不停走過

　　不知道什麼時候變成

白茫茫的雨腳

深深踏入春日的稻田

他擱下宇宙生成論

萎頓於無法捉摸的春風之中
　（唯有疲弱的嘆息）

壯年（九一年心情）

我們沿著河岸行走

入秋微涼的風托起高遠的天空

小販蒸熟的菱角香味

在黃昏斑駁的陰影中

輕快地穿梭

精壯之年的我們

不覺相視而笑

我們一路談著茫茫浩浩的宇宙

如何生成如何運作

彷彿在光潔的神的面前

我們穿過飄忽搖曳的陰影

來到耀眼的水銀燈下

在地面急速地刻劃

那美麗的式子

沉默的行人

漸漸埋入黑暗

我們的心情突然沉重起來

彷彿中有人絮絮密商

我們驚恐地尋找

陰影如鬼魂縹緲飛轉

黏身地覆蓋慌亂的人群

我們終於淒涼地笑了起來

手上握著殘破的，要掉落地上的式子

我的朋友說

我像販攤上飽滿的菱角

貓樣歲月

我聽到貓在窗口
我促狹地對它吼叫
隨手抓球砸向它
它沉靜地蜷曲著身體

我不知道追逐什麼
和朋友，和人
推擠碰撞
呼嘯如醉漢
年少的臉上迷惘而又歡喜
春天的霧像流水
靜靜地在交錯的路上

我抓起研究報告
追趕著貓出去
隨著噪熱的遊行人群

把手中的紙張當作旗幟
揮舞

被驅趕後，我
緊緊捏住殘破的紙
鳳凰花不停地落下
雷電沈悶地響著
厚重的雨水中
彷彿有人幽幽看著我

似夢似醒地交揉著
那長髮少女幽幽的眼神
彷彿風中不定的花香
忽然走近，忽然走遠
我跌坐在研究室雜亂的紙堆
苦苦思索著終極的答案
花香令我苦惱而又歡喜

我尋找著花香
走近窗口（將近下雨的陰暗天色）
我漸漸斑白的頭髮中
那少女燦然地笑著
和同伴很快地走遠
我想叫住貓
它無聲地掠過
像個錯覺

天使之舞

不再甜美
纍纍的稻穗被轉涼的秋風
泛起微波
在破裂的地面來回訴說末日將臨
我勉強來到跪倒的大樓前
唱著聖詩
安慰自帳篷走出的人

昏灰的天色中
他們唱著聖詩
想著世界終結
新天新地浮現
我在搖晃不停的樹葉下
慌亂地徘徊
去或不去

有人坐在廢墟中哭泣
裸露的鋼筋像掙扎的手
自地底伸出
我想走近
警衛吹起刺耳的哨音
塵埃被風吹起
廢墟一片空茫

他們邊唱邊圍著跳舞
一圈一圈訴說滿心的期待
風吹著布條不斷顫抖
我孤單地
恍若迷失在異地

她忽然在跳舞的人群中
甜甜地笑著
他們不斷訴說恩典降臨

她慢慢走向我
歌聲卻驟然終止
人群紛亂如起伏不定的稻浪
我要走向哪裡？
飛揚的塵土一片空茫

1999/10

小麻雀

行道樹下
小麻雀蹦蹦跳著
尾巴忽高忽低
招引同伴
追尋什麼？

它分得清為什麼不停來回？
離迷的日影
還是飄忽的風

它張著嘴喘氣

2002/5/25

油桐花

為什麼不等我
盛開就掉落
覆蓋灌木叢
如失神的雲
樹叢底下蜥蜴搖搖擺擺
踏著枯葉

可是昨晚花浮起我
花瓣中我看到雲和天空
雪白的橋正在連結
　　不知道是用雲還是花
我聽到我等待的腳步聲
急促地從彼端走來

我被汗水濕透
站在飄轉的油桐花外

樹叢下蛇沙沙地遊走
我撿起樹枝揮舞

花不停掉落
腳步聲細細地走來？
　是誰？
我一再壓抑喘息

2003/4/27

暗夜

原以為是小石頭
暗夜直落的雨
我站在門邊
驚訝地發覺被圍困
　不知道是什麼地方

有隻螢火蟲躲進
稻埕外的樹叢
護著它閃爍的燈火
不斷移動

我拉板凳坐下
做了好多夢
還笑起來呢

啊！這是我的家，台灣

2003/5/15

掙來的春天

像門口等待春天的花？
一早要出門的我呆呆望著
今年第一場春雨──歪歪斜斜地糾纏
我一直跨不出腳步
腦海中飛彈曳著火燄穿過夜空
像魔鬼答應的春雨

那麼該向誰祈求？

台北有一群人圍住辦事處
焚燒星條旗
但他們只是罐頭
由另一個強權製造
我們遠遠看著
想起他們渴慕那個強權的呼喊

春雨一下子就停了
短得出奇
我是不是祈禱錯了？
飛彈每天準時在黑暗中呼嘯

花終於開了
辛苦地在花瓣聚集幾滴露珠
春天，艱辛地掙來

2003/9/5於2003印度詩歌節朗誦

小蚱蜢

要跳上天空的小蚱蜢
跳到草尖

不再往上彈跳
這裡的天空最高
它搆不著
總是摔落草叢底下

栽植大樓的地面被風吹得搖晃
但它看到地平線接到天空
它興奮地跳到柏油地面
一腳高一腳低走向天空

喂──！千萬不要跟人問路

2003/11/17

春回

好像昨晚趕路
柏油路邊的小黃花
回來了
帶著影子
迎向微風張開手跳舞

隔壁緊急送醫
好幾天不見的老伯
也笑呵呵回來
越跑越快

鐵門前，他皺緊眉頭
摸不到門把
小黃花牢牢抓緊影子
怕被他搶走
他這才發現

匆匆趕路
影子不知丟在那裡

唉呀！春天為什麼也呼喚
死去的人

2004/3/5

草蚊

傍晚出現的草蚊
互相呼喚
不斷搧動薄薄的翅膀
努力地聚在一起

無法抵抗
愈來愈暗的天色
一隻隻飛向燈光

就這樣結束？
地面上一堆
輕飄飄的身體
被忽有忽無的風
吹來吹去

2004/8/11

斑鳩

我從數十封電子郵件找到她
她梳著長髮走到窗邊
眼睛晶亮望著草坪
七十餘隻野雁剛剛飛落
北美的陽光停在紅葉上

我倒看到陽台有幾隻斑鳩
踏著枯葉低頭啄食
風吹得它們羽毛豎起
我輕輕丟出餅乾屑

每天黃昏
斑鳩從天空緩緩劃出
淡淡光芒的弧線
落到陽台
我總急忙離開電腦桌

它們的身軀漸漸改變
來回啄食我丟出的食物

今天天色很快昏暗
窗戶微微搖晃
我靠著窗勉強看到斑鳩
模糊的身影
她從我背後走來
笑著說：野雁吶！
我沒回頭
忍住笑　心裡不斷說
「是斑鳩
被我餵大的斑鳩」
我好想看她驚喜的眼神

但，我不敢回頭
她會在我面前消失

2004/10/27

海浪

一前一後的海浪
一直相伴
卻有無法拉近的距離

天空澄澈的時候
他們都看到天空彎下
截住不斷延伸的世界
「那是終點」他們高興地跳躍
「是天堂？」他們相互凝視

天色變得昏暗
狂風好像要把他們打碎
他們彼此呼喚
不再害怕不斷奔向終點

他們跑上沙灘
卻來不及歡呼

無聲地沒入細沙
一前一後相繼地消失

2005/3/22

蒲公英的飛翔

突來的風吹動什麼
黑暗一層層落下
雷聲從遠處奔走過來
我緊緊抓住方向盤
卻也看到柏油路邊
盛開多日的蒲公英
怯怯地展開一團絨毛

我年少時也曾看到
　　從停停走走的公車
雨猛烈敲打車窗
玻璃模糊
我只能看見包圍我
擁擠的潮濕的人群
雨衣雨傘不斷滴水
　　那就是我狹窄的世界

公車突然煞車
不知是誰趴向車窗
我從手印看到窗外
蒲公英花瓣緩緩飄落

我匆匆在校門口下車
蒲公英原本應該飛起的花絮
像一片刮落的絨毛黏在牆腳
鐵線般的雨絲密密麻麻
圍困我
圍牆上的標語仍然腥紅
仍然強迫我們

停停走走的車流中
我小心控制車行的速度
蒲公英等了這麼久
絨毛輕輕顫動

就這麼一次
不要這個時候下雨
讓蒲公英飛起來
從我無法離開的路

2006/4/30

營火

年輕時的某個夜晚
在夢中重現

臉孔都被參差的光影覆蓋
說話聲忽遠忽近
無法靠近

我走過搖晃不定的影子
伸出手握住營火

黑暗像布幕掉落
我看不見自己
大聲呼喚　卻沒有聲音
哪一個瞬間真實存在？

2007/2/4

風的生命

困在山谷的風
來回奔跑呼喊
掃動樹葉

衝出山谷的風
嘆息聲中消失
如人最後的嘆息

這樣的風
只存在受困於山谷？
靈魂也是這樣？

2007/7/25

墜落的露珠

清晨路過草地
寂靜得聽見
草擦過我的褲管

突然看到發亮的露珠
輕輕飄落
在我的褲管消失
我感覺到我的死亡

好幸福啊
晶瑩的露珠

2008/6/12

拒馬釘上的花

插在拒馬的玫瑰花
釘子刺進身體
應該很痛吧
生命沒有未來

仍然盛開　毫不縮減
因為相信微風
是天使的輕吻

瑞和人群擠在拒馬前面
汗水擦不掉　流進眼睛
吶喊不承認
躲在拒馬後面的江陳會
「正在談論我們的價格」
瑞氣憤地吼叫

拒馬後面群警如安靜的森林
瑞抬頭再次吶喊
驚訝地看到玫瑰花

輕撫玫瑰花的微風
從哪裡來？
也輕撫瑞的臉龐

2009/1/22

行經木棉樹

夾在人群中走出捷運站
推擠著經過木棉樹下

聽到吱吱喳喳的聲音
盛開的木棉花中
不知道是什麼鳥
跳躍著　樹枝花朵輕晃

總有一兩隻跳到樹梢
張望著　輕輕叫著
戒備遠遠盤旋的鷹

好幸福的鳥雀
敵人不隱藏在同伴中

木棉花重重掉落腳前
是你們送給我的？
我也能長出翅膀？

2009/3/18

輸送帶

輸送帶不斷往前捲動
數不清的礦石被帶著走
將被打碎重塑
平穩地嗡嗡鳴叫的是馬達
卻看不見

沒有人問過我
我是誰？

礦石在輸送帶上抖跳
劇烈得彷彿想跳走

我每天準時搭公車
到公司、回家
有一瞬我看到逃走的機會
我以畢生之力跳落

如礦石掉落輸送帶的盡頭
那是什麼地方？

2010/3/28

船塢裡的船

它們望著海？
想些什麼？

它們原本空無
吊車吊起鋼樑鐵板
以烈火焊燒切割
連結成船的瞬間
它們就感覺海的呼喚

我終於明白
血肉構成的我
感覺到超乎肉身的呼喚

能不能再清楚一點？
像船聽見海

2010/10/24

遊民的路上

天空灰濛濛
幾個遊民低頭亂走
　套著塑膠袋
像風吹枯葉的聲音

長長的大馬路
綠燈突然一路亮起來
荷槍的警察擋住遊民
落葉從警察腳下鑽過去

車隊急速奔馳
遊民用力拉
要飛起來的塑膠袋
縮著身體打轉

警車的紅藍燈不斷閃爍尖叫
那個人要去宣導減肥

2011/1/28

露珠

一、

露珠失神地滑下
沿著彎曲的細枝
將掉落消失

細枝末端
一朵櫻花盛開

二、

春露飛落稻草尖
驚喜地彼此問
「你從哪裡來」

還答不出來
就都消失

三、

永恆孤零零
走向陽光找到的
閃亮的露珠

阿夫林的小孩

那小男孩如往常
要去學校
早晨溫柔的陽光
停留在他細嫩的小臉
他眯著眼睛
想像春天

那個小男孩
在半路停下來
他聽到隱隱的春雷
他想起他背著槍
離家的哥哥說
「我會為你帶春天
和愛小孩的國
回來
像春天擁抱著樹」

他跑向春天
春雷卻變成炮火
籠罩他
他來不及感覺
春天的擁抱

2018/3/26

仙人掌

仙人掌盆栽前
想起小時候三合院角落

阿嬤牽著我
看針刺中花開
日影緩緩移動
針刺　是被仙人拈在掌中？

在來來去去的遊客中
尋找
連微風走動也不放過

忽然聽到小時候的我
問阿嬤　日影為什麼會動
仙人拈著針刺
為什麼不釘住日影？

阿嬤的衣角帶著微風

海芋都是妳

遠遠看到潔白的海芋
像穿著白衣的少女
怯怯地等誰？

年少的我們無知？
離別時都還燦爛地笑著
心裡面微微的酸疼
阻擋不了未來
夢一般的引誘

妳穿著一襲白衣
春風繞著妳
輕輕拉妳的衣裙

我們都失神地聽
風中隱藏的祕密

但現在最怕想起
輕率地放開妳的手
妳被人群一下子淹沒
只看到人影晃動
看不見妳

一株株海芋輕輕搖晃
像走動的人群
我轉身急急走避
微風中卻有妳的聲音

「是我啊
我仍穿著白衣
怕你找不到
整片都是我
沒有人能再遮住我」

瓶中花

幾道陽光從窗戶
斜斜進來
照著花瓶
花還做著夢
追著風跳舞

突然被拔出來
丟進垃圾桶
花為失去花瓶
哭泣　花瓣掉落
感覺到死亡

它們還是不相信
「曾在泥土中
生長開花
拉著風跳舞」

那朵被嘲笑至死的
花不肯停地說的

它還在說
這是不死不活

花的聲音

花開時
沒有歡呼
凋萎時
沒有一聲哭泣

為什麼
不能為自己出聲

為花歎息的人
聽不到
花落時
投入大地的懷抱
發出的聲音

玉山的晨影

僅在這一刻
我才能到她的身邊

朝陽漸漸上升
柔光落到
薄霧中的她
我不敢叫她　看著
她在夢中微笑
知道我在身邊？

我無法再停留了
她微微皺眉
我被拉回我的座位
望著變回山的她
在群山雲瀑中

我叫不出聲地叫喚她
我也變回山

人群聚在石碑前
歡呼登頂

瘟疫中

隔離後　他日漸
喜歡坐到窗邊
他愛戀的陽光城市
如今人和一棟棟大樓
經常浸泡在薄霧中
他等不到有人抬頭看他

隔離的第七天
城市在霧中消失
他叫喊　只引來回音
人遺棄他逃出城

陽光抱著露珠落向他
他覺得他死於瘟疫了
珍從卻露珠走出來
在樓下急切呼喚他

他跑到陽台邊
好多人揮手喊著
「一起！我們一起對抗病毒」

沒人拋棄他，沒人逃出城
珍含淚揚著玫瑰
柔聲叫著他的名子

流水

流水中流著的樹葉
知道流水
知道會沉沒

我感覺它們
在哭在笑
它們對流水
時而柔聲耳語
時而掙扎著
想駕馭水流

但流水
不知道有樹葉
也不知道
自己不停流著

我知道
時間也是這樣

關渡之秋

秋天
候鳥還沒來
關渡濕地靜得
只有落葉
掉在木棧道

欒樹花剛盛開
我輕輕走進
樹下幽幽的小路

我聽到她
像隻小貓躲在
我背後
踮著腳迂迴走近
細碎的腳步聲
忽有忽無

我想著怎樣才能
回身抓住她
啊！靠近了
我緩緩倒退
突然轉身

她撲進我的懷裡
卻化成攣樹落花
從我身上
滑落到地面

作者簡介

　　陳明克（生於1956）1986年於清華大學獲得物理博士學位。1987年，加入笠詩社。現在是《笠詩刊》編委。結集的詩集有十本，中短篇小說集有兩本。獲得八項文學獎。作品探索生命的意義。常以隱喻表現。

譯者簡介

赫迪雅・嘉德霍姆，出生於突尼西亞，現為美國公民，美國筆會會員。畢業於俄亥俄州立大學博士，專攻當代拉美文學和文化。現在喬治亞大學教拉美電影、西語文學和文化。詩人及翻譯者，出版詩集有《精雕花格窗》"celosías en celo(Spain, 2013)"，《海的遠方・門》"más allá del mar: bibenes(Spain, 2016)"，及Oltre il mare: bibenes(Italy, 2019)。西語翻譯《台灣心聲：當代台灣詩選》；英西互譯、阿拉伯詩西譯等多種。她詩出版於國際詩期刊、布落格，如Afro-Hispanic Review, Ámbitos Feministas, The South Caro-lina Modern Language Review等。她參與美國、拉丁美洲、歐洲、亞洲、及突尼西亞詩歌節、詩歌朗誦會。她的詩被翻譯為英文、Taiwanese-Mandarin、葡萄牙文、土耳其文、羅馬尼亞文、及義大利文。

巫宛真，淡江大西班牙語文學系老師，研究領域為比較文學中西翻譯、中西口筆譯、台灣文學翻譯。

維雷斯・武岳，中國科技大學講師、中國文化大學推廣部西文老師，研究領域為政治意識形態(political ideology)、演講分析、台灣文學翻譯。

Mariela Cordero(委內瑞拉，1985生)，詩人、作家、翻譯者及視覺藝術家。她的詩出版於多種國際詩選集，獲得多項特出獎，如：Third Prize of Poetry Alejandra Pizarnik Argentina(2014). First Prize in the II Iberoamerican Poetry Contest Euler Granda, Ecuador(2015) Second Prize for Poetry, Concorso Letterario Internazionale Bilingüe Tracceperlameta Edizioni, Italy(2015). First Place in International Poetry Contest #AniversarioPoetasHispanos mentioning literary quality,Spain(2016)。出版詩集，The body of the doubt Ediciones Publicarte Caracas, Venezuela(2013)and Transfiguring is a country you love(2020)。她的詩被翻譯為印地語、捷克語、塞爾維亞語、紹納語、烏茲別克語、羅馬尼亞語、馬其頓語、孟加拉語、英文、阿拉伯文、中文、希伯來語俄語及波蘭文。

Tú eres todas
las flores de cala

Un anciano erudito

Hace mucho tiempo, mantuvo la firme creencia
de que a través de las matemáticas
y la experimentación
llegaría hasta Dios.

Ahora siente su presencia más próxima apegado al ordenador,
entre los sistemas y programas.
Sobre la pantalla titilan las llamadas de miles de años,
que han atrasado sombrías nebulosas
para traer la voz de Dios
por encima del comprensible
e incomprensible sonido.

Un amigo, recién salido de la cárcel,
le explicó los conflictos que genera la locura,
y la sensación de ver desitegrarse a las personas,
y de cómo el mundo gira en mitad de la noche cerrada.

Acababa de terminar su conferencia

y mirando por la ventana descubrió la juventud;

la risas y los pasos de los estudiantes despreocupados

que convertían el frío en gozosa agua primaveral.

El sabio olvidó su formación

Y se marchitó

en medio de la imperceptible brisa de la primavera.

(Todavía quedaba restos de un hastiado suspiro)

Traducido por Khédija Gadhoum

La flor de la vida
(sentimiento del 91)

Por la orilla del río caminamos

Entró la ligera brisa del otoño que sostiene el cielo lejano

la fragancia de las castañas por el buhonero hervidas

bajo las sombras jaspeadas del atardecer

que suaves iban y volvían

Nosotros en plena flor de vida

nos sonreímos de repente e intercambiamos miradas

Hablamos del vasto universo

Cómo se había creado y cómo funciona

como si Dios nos iluminara

Luego cruzamos entre las sombras que se movían

pasamos por las encandiladas lámparas de mercurio

En la tierra presurosos esculpimos

Esas bellas fórmulas

Los caminantes silentes

Poco a poco en la oscuridad se enterraban

Nuestro corazón de pronto pesaba

Como si alguien en secreto mal hablara

con terror lo buscamos

En la niebla las sombras como fantasmas volaban

La multitud en pánico pegada y cubierta

Finalmente sonreímos con tristeza

en las manos teníamos las fórmulas rotas que se caían

Mi amiga dijo

que yo parecía una castaña ya cocida

Traducido por Uriel Vélez y Ema Wu

Los años como gato

Yo escuché a un gato en la ventana

le grité con rencor

tomé una pelota y se la lancé

se enroscó tranquilo

No sé qué yo buscaba

con los amigos o en la multitud

nos chocamos y empujamos

nos gritamos como borrachos

nuestro rostro de jóvenes desorientados pero felices

La niebla de la primavera como agua que fluye

silenciosa en los caminos cruzados

Tomé mi reporte de investigación

Y los seguí, salió el gato

Siguiendo a los apasionados protestantes

Tomé los papeles de la mano como bandera

y los blandía

Los hicieron retirarse y yo

apreté los papeles rotos

Las flores del flamboyán caían sin parar

El sonido del trueno se hundía sofocante

Durante el aguacero denso

Como si alguien pensando me viera

Se intercambiaban el sueño y la vigilia

Esa mirada pensativa de la dama de pelo largo

Como el olor incesante de las flores en el viento

Se acerca y se aleja de repente

Tropecé en mi estudio con la pila desorganizada de papel

amargamente pensé en la respuesta final

El olor de las flores me preocupaba y me contentaba

Busqué el olor de las flores

Me acerqué a la ventana

(se acercaba la sombra oscura de la lluvia en el cielo)

Mi pelo poco a poco canoso

La damisela deslumbrante sonreía

con sus compañeros se marchaba veloz

Pensé en llamar al gato

Pasó y me miró en silencio

como mi errónea ilusión

Traducido por Uriel Vélez y Ema Wu

La danza de los ángeles

Han pasado los momentos de ilusión,
es el momento en que debemos recoger
los frutos, y el arroz de los campos en el otoño…
Las grietas de la tierra nos han advertido una y otra vez
de la llegada del apocalipsis.
Deberíamos consolarnos los unos a los otros,
buscar cobijas en los viejos cimientos
y recitar los cantos sagrados.

Miro el cielo de plomo
mientras entono los cantos sagrados
y medito sobre el fin del mundo, y
la eclosión de un nuevo cosmos.

Las ruinas están plagadas de
manos que piden ayuda, que suplican piedad.

Intenté acercarme, pero el guardián me prohibió el paso
mientras el viento sembraba polvo y angustia.

Los vi bailar en círculo, y revolotear
atrapando esperanzas.
Y, yo tan solo,
tan perdido en un país extranjero.

Sin embargo, sentí esa dulce sonrisa,
y su voz misericordiosa
que se aproximaba a mi ser y
llenaba todo el paisaje de misericordia.

¿Hacia dónde he de marcharme?
Polvo en el viento a lo ancho del vació.
Traducido por Khédija Gadhoum

Un pequeño gorrión

Bajo los árboles de la vía

Un pequeño gorrión saltando

Su cola se levantaba y bajaba

Llamó a sus compañeros

¿Qué buscaba?

¿tenía claro por qué no paraba de ir y volver?

¿Por las confusas sombras en el sol?

¿O moverse por el viento?

Abrió su pico y entonces respiró

Traducido por Uriel Vélez y Ema Wu

Flores del árbol de aceite tong

¿Por qué no me esperáis?

Las flores se abren y pronto caen

cubren los matorrales

como nubes descorazonadas

Debajo de la arboleda se bambolean los lagartos

Pisando hojas secas

Pero anoche floté sobre las flores

En los pétalos vi las nubes y el cielo

Un puente de nieve blanca se construía

   No sé si usaba nubes o flores

Escuché el sonido que esperaba

Vino con urgencia desde el otro lado

Me empapé de sudor

Estaba de pie, fuera del revoloteo de las flores de tong

Debajo de la arboleda una serpiente se arrastraba

Yo tomé una rama y la blandí

Las flores no dejaban de caer

Los pasos poco a poco se acercan

   ¿Quién es?

Reprimía mi respiración una y otra vez

Traducido por Uriel Vélez y Ema Wu

La noche oscura

Creía que eran piedrecitas
La lluvia que caía en la noche oscura
Me paré al lado de la puerta
Me encontré rodeado por sorpresa
   No sé cuál lugar era

La luciérnaga de fuego se estrellaba
En la arboleda del arrozal
Aseguraba la centella de su luz de fuego
No paraba de agitar

Halaba el banco y me sentaba
Tenía muchos sueños
Incluso sonreía

Estaba en mi casa Taiwán

Traducido por Uriel Vélez y Ema Wu

La audaz primavera

Como flores que esperan en la puerta a la primavera

Preparado para salir, las vi sin pensarlo

Este año la primera lluvia de primavera

   cruzada y torcida

No me atrevo a poner un pie fuera

En mi mente un misil pasa flameando en el cielo nocturno

Como la lluvia de primavera prometida por un demonio

¿Entonces a quién debo orar?

En Taipei una multitud sitió la embajada de EEUU

Ardiendo las barras y las estrellas

Pero ellos son solo latas

Producidos por otro poder

Los vemos a los lejos

Pensamos en su anhelante grito por ese poder

La lluvia de primavera se detiene

Sorprendentemente breve

¿He recitado una plegaria incorrecta?

Cada día puntuales los misiles chillan en la oscuridad

Las flores por fin se abren

Con dificultad recolectan unas gotas en los pétalos

La primavera, pelea con audacia

Traducido por Uriel Vélez y Ema Wu

Un pequeño saltamontes

Un pequeño saltamontes que quiere saltar al cielo

brinca hasta el césped

No salta de nuevo

Ahí el cielo es más alto

él no puede lograrlo

Siempre cae en el césped

Edificios plantados en la tierra

son soplados por el viento

Pero él ve que el horizonte toca el cielo

Contento salta sobre el asfalto

Un paso a lo alto un paso abajo, se dirige al cielo

¡Hey! Nunca le pregunta el camino a un ser humano.

Traducido por Uriel Vélez y Ema Wu

El retorno de la primavera

Las que parece que corrieron ayer por la noche
al lado de la calzada, las pequeñas flores amarillas
Vuelven
Traen sus sombras
Encuentran al viento, abren la mano y bailan

El de al lado, quien al hospital fue de urgencia
A quien tenía días sin verlo, ese señor
Ríe a carcajadas y también regresa
Más corre más rápido

En la puerta de metal, frunce las cejas
No puede la manija acariciar
Las pequeñas flores amarillas, mantienen firmes sus sombras
temen que sean robadas por él
entonces se percata él

que en su celeridad

no sabe donde dejó su sombra

¡Ay! Por qué llama también la primavera

al difunto hombre

Traducido por Uriel Vélez y Ema Wu

Los mosquitos de la grama

Los mosquitos de la grama, salieron al anochecer

Se llamaron unos a otros

Abanicaron sus delgadas alas sin parar

Pusieron empeño en juntarse

No pudieron resistirse

al más y más oscuro cielo

uno a uno volaron hacia la luz de la lámpara

¿Entonces así terminaron?

En pila, sobre la tierra

Cuerpos flotando,

Por el viento que de repente está y no está

que sopla de ida y de vuelta

Traducido por Uriel Vélez y Ema Wu

La tórtola

Yo la encontré entre numerosos correos

Ella peinaba su pelo largo y fue a la ventana

Sus ojos brillantes miraban el pasto

más de 70 gansos acababan de volar

En norte de América el sol en las hojas de los arces

Yo apreciaba con el sol algunas tórtolas en la terraza

Pisaban las hojas muertas, se inclinaban y picaban

El viento sopló sus plumas

Yo les daba con cariño trozos de galletas

En cada atardecer amarillo

Las tórtolas desde el cielo poco a poco marcaban

el arco de los finos rayos de luz

bajaron a la terraza

Yo me retiré del escritorio rápidamente

Sus cuerpos cambiaban gradualmente

volvieron a picar la comida que les había lanzado

Hoy el color del cielo oscureció raudo

La ventana se sacudió suave

Miré a las tórtolas en la ventana y se resistían

Su figura borrosa

Ella venía desde mis espalda

Sonrió y me dijo: ¡tórtola!

No volví la cabeza

Aguanta la sonrisa digo sin parar en mi corazón

"Son las tórtolas

Las tórtolas que alimenté y crecieron"

Yo quiero ver su mirada sorprendida

pero, no me atrevo a volver la cabeza

porque ella desaparecería delante de mí

Traducido por Uriel Vélez y Ema Wu

Olas

Las olas una delante otra detrás

Acompañándose

Pero con una distancia entre ellas

Cuando el firmamento era cristalino

Descubrieron que el cielo estaba arqueado hacia abajo

Con el fin de parar el mundo en continua extensión

"Es el punto final" saltaron de emoción

"¿Es el paraíso?" Se miraron a la vez

El color del cielo se volvió oscuro

Parece que el viento salvaje quería desmenuzarlos

Se llamaron mutuamente

Sin más miedo se dirigieron al punto final

Corrieron en la arena de la playa

Pero no hubo tiempo para expresar a gritos la alegría

Silentes se sumergieron en la arena
Uno detrás de otro desaparecieron

Traducido por Uriel Vélez y Ema Wu

El vuelo de la flor "Diente de León"

El viento sopla de súbito

La oscuridad capa a capa desciende

El sonido de un trueno galopa desde lo lejos

Nervioso, agarro el volante

Sin ver, al lado de la calle de asfalto

Dientes de león florecidos, varios días antes

La tímida cipsela se abre

Cuando era joven llegué a ver

    Desde un autobús en un atasco

Una violenta lluvia las ventanas golpeando

El vidrio empañado

Solo visibles los de mi alrededor

Empapados rebosándolo

Ropas de lluvia, paraguas sin fin goteando

Así era mi angosto mundo

De súbito el bus se detuvo

No se quién fue lanzado contra la ventana

Miré fuera, la mudra mediante

Los pétalos de los dientes de león flotaban

En la puerta de la escuela me bajé veloz

Los copos de los dientes de león que imaginé flotar

Estaban como pelusa pegada, al pie de la pared

Densos alambres de lluvia

Me rodeaban

Rodeándome los aún rojos carteles de la pared

aún nos amenazaban

En el atascado tráfico

Controlaba con cuidado la velocidad

Mucho había esperado los dientes de león

Los copos danzaban con suavidad

海芋都是妳

Tú eres todas las flores de cala

Solo por esta ocasión

Que no llueva en este instante

Que los dientes de león vuelen y dancen

Desde este camino del que no puedo alejarme

Traducido por Uriel Vélez y Ema Wu

Fogata

Una noche cuando era joven
Volví a ver en sueños

Los rostros cubiertos por matices de luces y sombras
Los sonidos del habla, de pronto lejos, de pronto cerca
Sin poder acercarme

Cruzo entre sombras que se agitan
Extiendo mis manos para agarrar la fogata

La oscuridad cae como un manto
No me veo a mi mismo
Llamo a gran voz, pero no hay sonido
¿Cuál instante existe en realidad?

Traducido por Uriel Vélez y Ema Wu

La Vida del Viento

El viento, varado en el valle

corre y silba de un lado a otro

y barre las hojas

sale raudo del valle

y desaparece pronto en un suspiro

que parece ser el último suspiro de los hombres

entonces, ¿el viento sale sólo

cuando está varado en el valle?

¿entonces es el alma?

Traducido por Mariela Cordero

La caída de las perlas del rocío

Al amanecer cruzando el prado
Escuchando el silencio
La grama toca el pantalón

Veo las perlas del rocío que brillan
Ruedan suavemente
En el pantalón desaparecen
Como sentir mi muerte

Qué bendición
Pura como las perlas del rocío

Traducido por Uriel Vélez y Ema Wu

Las flores clavadas en las barricadas

Las rosas en las barricadas

Fueron clavadas en el cuerpo

Debió ser doloroso

su vida sin porvenir

Aún así florecieron sin marchitarse

Porque tuvieron fe en la gentil brisa

fue el suave beso de un ángel

Ray y la multitud se agolparon contra las barricadas

Ni se limpiaron el sudor que cayó en los ojos

Gritaron rechazando

Las reuniones de Jiang y de Chen detrás de las barricadas

"Ahora negocian nuestro precio"

Gritó Ray con furia

Delante de las barricadas los policías como un bosque sereno

Ray alzó la cabeza y volvió a gritar

De repente observó las rosas

La suave brisa acariciaba las rosas

¿De dónde vino?

Y también acarició el rostro de Ray

Traducido por Uriel Vélez y Ema Wu

Nota: "Las Reuniones de Jiang y de Chen" hace referencia a "La segunda cumbre Jiang-Chen" que se realizó el 4 de noviembre de 2008 en el Gran Hotel de Yuanshan, Taipéi, como parte de las "Conversaciones de alto nivel a través del Estrecho." Las dos partes que participaron, tanto el presidente de la "Fundación para los Intercambios a través del Estrecho" (SEF), Chiang Pin-kung (江丙坤) como el presidente de la Asociación para las Relaciones a través del Estrecho de Taiwán (ARATS), Chen Yunlin (陳雲林), finalizaron los acuerdos sobre comercio, aviación y correos. Para entonces el Gobierno del Partido Nacionalista Chino (KMT) había empezado una serie de reuniones con el fin de mejorar las relaciones entre Taiwán y China continental. Durante este proceso ocurrieron grandes movilizaciones de protestas.

Paso a través de los árboles de ceiba

Salgo de la estación del metro en medio de la multitud
me tropiezo con los peatones, camino bajo los árboles de ceiba

escucho un leve crujido
¿qué pájaros están posados
sobre las flores de ceiba?
ellos saltan, y las ramas
y las flores tiemblan ligeramente.

algunos pájaros saltan hacia la copa del árbol
mirando a su alrededor y emitiendo un suave canto
de advertencia para protegerse del halcón que los acecha a lo lejos.

¡qué felices están los pájaros!
ningún enemigo se ocultó entre ellos

una flor de ceiba cayó a mis pies

¿me la dieron los pájaros?

¿podría yo también tener alas?

Traducido por Mariela Cordero

La cinta

La cinta no cesa de moverse hacia delante
Las copiosas menas son llevadas
Son rotas, remodeladas

Estable, brum, brum, trina el motor
pero no lo veo

Nadie me preguntó
¿Quién soy yo?

En la cinta las menas saltan y se menean
Enfadadas como si brincar quisieran

Yo cada día tomo el bus a tiempo
hasta la empresa, vuelvo a casa

Por un instante veo la oportunidad de escapar

Yo con toda la fuerza de la vida saltar

Como las menas que caen de la cinta al final

¿Dónde están?

Seleccionado para la "Antología de poesía moderna de Taiwán 2014"

Traducido por Uriel Vélez y Ema Wu

Barcos en el muelle

¿Estarán mirando el mar?
¿Qué estarán pensando?

En su esencia, aún, nos son nada.
Las grúas arrojan las vigas y las planchas de acero
soldadas bailan ardientes en el fuego.
No obstante, unidas y convertidas en barcos, y
entonces sienten la llamada del mar.

Ante este milagro, logro entender
porqué yo, de carne y sangre,
siento la llamada inmortal.

Reflexiono en la posibilidad de ir más allá
mientras siento cómo los barcos escuchan el mar.

Traducido por Khédija Gadhoum

Vagabundos en la calle

El cielo sombrío

Unos vagabundos con la cabeza baja

    Llevan bolsas plásticas

Como el sonido de hojas secas que sopla el viento

La larga, larga calle

Las verdes lámparas iluminan de repente el camino

Los armados policías bloquean a los vagabundos

Bajo los pies de los policías pasan las hojas

Los coches huyen deprisa

Los vagabundos con fuerza

Las bolsas casi al volar retiran

Sus cuerpos curvados giran

La luz roja, azul de la patrulla parpadea y grita

Ese hombre abogará por adelgazar

Traducido por Uriel Vélez y Ema Wu

Las perlas del rocío

I)

Las perlas del rocío cayeron distraídas
Siguiendo las ramas curveadas
Van a caer y a desaparecer

Al final de las ramas
Las flores de los sakuras florecen

II)

El rocío de la primavera cae al final de las ramas
Se sorprendieron y se hablaban unas con otras
¿De dónde eres tú?

Antes de que pudieran hablar
Entonces desaparecieron

III)

La eternidad solitaria
Durante el camino hacia la luz del sol
Encontró el rocío brillante

Traducido por Uriel Vélez y Ema Wu

Niño de Afrin

Como de costumbre, ese niño quiere

ir a la escuela

la tierna claridad del sol en la mañana

se posa sobre su pequeño rostro

él parpadea

e imagina la primavera

ese niño pequeño

se detiene el camino

a lo lejos escucha los truenos de la primavera

el recuerda cuando su hermano mayor

llevando una pistola, al salir de casa, dijo

"traeré la primavera y

una nación que ame y

abrace a los niños como primavera

que retorna"

él corre hacia a la primavera

pero los truenos de primavera se convirtieron

en ráfagas de disparos y lo arroparon

no tuvo suficiente tiempo

para abrazar la primavera.

Traducido por Mariela Cordero

La palma de la mano de los inmortales (Cactus)

En el matero hay un cactus

Me hace recordar a mi infancia

En el cornijal de la casa de ladrillo, un sanheyuan

Mi abuela, me lleva de la mano

Veo en las espinas una flor que crece

Poco a poco se mueve la sombra del sol

¿La espina fue sostenida por el inmortal en su palma?

Entre los turistas que vienen y van

busco

hasta el movimiento de la brisa que no se libera

De repente me escuché cuando era niño

Le pregunté a mi abuela ¿por se mueve la sombra del sol?

El inmortal sostiene la espina

¿Por que no se pincha la sombra del sol?

Y la orla de la ropa de mi abuela llevando la brisa

Traducido por Uriel Vélez y Ema Wu

Tú eres todas las flores de cala

A lo lejos veo la flor de cala de un blanco puro

Como una dama vestida de una blanca ropa

¿A quién espera nerviosa?

¿Al ser jóvenes no supimos?

Al despedirnos una notable sonrisa nos dimos

En el corazón un poco sufrimos

No se detiene el futuro

nos seduce como si fuera un sueño

Tú vestías ropas níveas

El viento de la primavera te rodeaba

Suavemente tu vestido halaba

Escuchábamos distraídos

El secreto oculto dentro del viento

Pero ahora tengo miedo de recordar

Solté tu mano tontamente

Entre personas quedó sumergida

Solo vi la sombra que tambaleó

Y te perdí

Cada cala se mueve suavemente

Como personas que caminan

Me volteo y escapo nerviosamente

pero escucho tu voz en la brisa

"Soy yo

Todavía visto de blanco

Tengo miedo de que no me encuentres

Toda la tierra soy yo

No hay quien pueda taparme"

Seleccionado para la "Antología de poesía moderna de Taiwán 2011"

Traducido por Uriel Vélez y Ema Wu

Flores en el centro del florero

Desde la ventana unos rayos de luz

Inclinándose entran

Iluminando el florero

Las flores aún soñando

Siguiendo la danza del viento

Arrancadas de súbito

Tiradas al basurero

Las flores porque han perdido el florero

Sollozan los pétalos de las flores caen

Sufren la muerte

Ellas todavía no creen que

"Estuvieron en el centro del barro

Crecieron, las flores se abrieron

bailaron con el viento"

海芋都是妳

Tú eres todas las flores de cala

De una flor se rieron hasta que murió

La flor no paró de decirlo...

Y ella aún dice

Ni vivo ni muero

Traducido por Uriel Vélez y Ema Wu

La voz de la flor

Cuando la flor se abre

no hay quien la aclame

Cuando se marchita

no hay una voz que grita

¿Por qué

no la dejan hablar por sí misma?

La gente que suspira por la flor

no puede escuchar

cuando cae la flor

arrojada al seno de la tierra madre

exclamar la voz

Traducido por Uriel Vélez y Ema Wu

La sombra de la montaña de Jade al amanecer

Solo en este momento

Puedo estar a su lado

Poco a poco sube el sol

Y cae la luz suave

ella en el medio de la niebla

No me atrevo a llamarla   viéndola

Durante el sueño se sonríe

¿Acaso sabe que estoy a su lado?

No puedo quedarme

Poco a poco ella frunce el ceño

fui devuelto al lugar

Mirándola a ella, que vuelve a ser montaña

Dentro del grupo de montañas y nubes

La llamo, sin que me salga ninguna voz
Vuelvo a ser montaña al igual que ella

Las personas delante del monolito de piedra
Gritan de alegría al subir a la cima

Traducido por Uriel Vélez y Ema Wu

Durante la pandemia

Durante la cuarentena a él cada día

Le gustaba sentarse al lado de la ventana

Su amada ciudad de los rayos de sol

Ahora con las personas y los edificios, línea a línea

A menudo estaban empapados en una espesa niebla

No dejaba de esperar a alguien que lo mirara

Al séptimo día de la cuarentena

La ciudad desapareció entre la bruma

Él gritaba solo respondía el eco

Las personas huyeron de la ciudad y lo abandonaron

Los rayos del sol cual rocío descendían sobre él

Él sintió que él había muerto por la pandemia

Entonces Jane salió del rocío

Al pie del edificio con ansias lo llamó a él

Él corrió al balcón

Mucha gente le saludó gritando

"¡Juntos! Enfrentemos juntos el virus"

Nadie había huido la ciudad, nadie lo había abandonado

Jane levantando unas rosas entre lágrimas

y suavemente llamando su nombre

Traducido por Uriel Vélez y Ema Wu

El fluir del agua

Hojas fluyendo en el fluir del agua

Sienten el flujo del agua

Sienten el hundimiento

Yo las siento

Lloran y ríen

Frente al fluir del agua

A veces susurrando suavemente

A veces luchando

Desean conducir la corriente

Pero el fluir del agua

No sabe que hay hojas

Tampoco sabe

que él mismo no deja de fluir

Yo lo sé

El tiempo también es así

Traducido por Uriel Vélez y Ema Wu

El otoño de Guandu

Otoño

Las aves migratorias no han llegado

El humedal de Guandu en calma

Solo las hojas caídas

Cayendo en el camino de madera

Florecen los farolillos de Taiwán

Entre los que yo camino serenamente

En sendero sereno bajo los árboles

Yo la escucho

Como un gatito recostado

Tras mi espalda

Viene y va de puntillas

Las finas quebraduras de las huellas

De repente hay de repente no

Yo pensando como puedo

girarme y agarrarla

¡Ah! se aproxima

Yo poco a poco retrocedo

De golpe me vuelvo

Ella corren a mis brazos

pero se transforma en flores de farolillos

desde mi ser

se deslizan hasta la tierra

Traducido por Uriel Vélez y Ema Wu

Poeta

Chen Ming-keh (1956-) recibió un Doctorado en física de la Universidad Nacional Tsing Hua (Taiwán) 1956. Actualmente es profesor del Departamento de Física de la Universidad Nacional Chung-Hsing. En 1987 se unió a las filas de la Sociedad Poética Li y actualmente es parte del Consejo Editorial de la misma Sociedad. Sus publicaciones incluyen 10 colecciones de poemas; "La cinta" (2018), "Mundo Maravilloso" (2014), "Expectación" (2012), "Ellos no pueden escucharse los unos a los otros" (2011), entre otros; junto a una selección bilingüe de poemas "En el muelle" (2019) y dos colecciones de historias cortas, "Apuesta final" (2011) y "La lucha de Kapok" (2014).

Ha sido galardonado con 8 premios de literatura en Taiwán, como la quinta entrega de Premios de Literatura de Taiwán (2001), el premio a la creación literaria y artística del Ministerio de Educación de Taiwán (2007, a la excelencia), entre otros. Ha estudiado el significado de la vida mediante las metáforas que son la esencia de la expresión de sus poemas. La traducción se ha hecho en base a las versiones en mandarín y en inglés.

Traductores

Khédija Gadhoum, Túnez-USA, (Ph.D., The Ohio State University, Literatura y Cultura Latinoamericanas Contemporáneas). Es poeta y traductora. Es la autora de *celosías en celo* (España, 2013), *más allá del mar: bibenes* (España, 2016), y *Oltre il mare: bibenes* (Italia, 2019). Sus traducciones incluyen: *Voces desde Taiwan: Antología de poesía taiwanesa contemporánea* (España, 2017), *Taiwan no es un nombre. 19 poetas taiwaneses contemporáneos* (Colombia, 2020), *y Diaries of White Jasmines: Anthology of Contemporary Tunisian Poetry In Translation* (Taiwán, 2020). Ha traducido, del español al inglés, a los autores latinoamericanos, Juan L. Ortiz, Olga Orozco, Meira del mar, Javier Heraud, Pablo Antonio Cuadra, y Lucía Alfaro. Del árabe al español, ha traducido a los poetas árabes, Hatif Janabi, Tarek Eltayeb, Ahmed Al-Mulla, Ghassan Al-Khunaizi, Ali Shallah, y Firas Sulaiman, entre otros. Su poesía ha sido publicada al nivel nacional e internacional: revistas literarias y culturales, revistas de poesía, antologías, magazines, y blogs: *Afro-Hispanic Review, Ámbitos Feministas, The South Carolina Modern Language Review, Feministas Unidas, Inc., Humanismo Solidario: Poesía y compromiso en la sociedad contemporánea, ÆREA: Revista Hispanoamericana de Poesía, UGA JoLLE@UGA: Journal of Language and Literacy Education, Taos Journal of Poetry, Şiirden dergisi Poetry Magazine, ViceVersa Magazine, Luz Cultural - Espacio Poético, California*

Quarterly, Vallejo & Co., LIGEIA: Revista de Literatura, Conexiuni Literare: Revistă trimestrială de literatură, Enclave: Revista de creación literaria en español, Palestine: *A Conscious Poetic Offering Anthology, Abuelas y Madres de Plaza de Mayo Anthology, The Current: International Poetry Anthology,* y *Disability in Spanish-Speaking and U.S. Chicano Contexts: Critical and Artistic Perspectives. Es finalista* en el *XXV Concurso Voces Nuevas de Poesía.* Ha participado en recitales y festivales de poesía en los EE.UU. América Latina, Europa, Asia, y Túnez. Su poesía ha sido traducida a varios idiomas: Inglés, Mandarín-Taiwanés, Portugués, Turco, Rumano, e Italiano. Actualmente colabora en *Nadwa: Poetry in Translation* (Hong Kong), y *Altazor: Revista Literaria* (Chile). Es miembro de Pen America. (hadiralma@gmail.com)

Wu, Wan-jhen (巫宛真) ostenta responsabilidades docentes y administrativas en el Departamento de Español de la Universidad de Tamkang. Sus investigaciones se han centrado en el área de literatura y cultura comparada, junto a la interpretración y a la traducción chino-español y español-chino, además trabaja en la traducción de obras literarias taiwanesas al español.

Uriel Alberto Vélez Batista es profesor adjunto en la China University of Technology (CUTE) y en el Instituto de Lenguas Internacionales de Chinese Culture University (CCU) en Taiwán. Su investigación se ha centrado en el análisis del discurso político y la ideología, junto a la traducción de obras taiwanesas al español.

Mariela Cordero (Venezuela, 1985) es abogada, poeta, escritora, traductora y artista visual. Su poesía ha sido publicada en diversas antologías internacionales.Ha recibido algunas distinciones entre ellas:Tercer Premio de Poesía Alejandra Pizarnik Argentina (2014). Primer Premio en el II Concurso Iberoamericano de Poesía Euler Granda, Ecuador (2015). Segundo Premio de Poesía Concorso Letterario Internazionale Bilingüe Tracceperlameta Edizioni, Italia (2015) Premio Micropoemas en castellano del III concurso TRANSPalabr@RTE 2015.Primer Lugar en Concurso Internacional de Poesía #AniversarioPoetasHispanos mención calidad literaria,España (2016). Ha publicado los poemarios: *El cuerpo de la duda* Editorial Publicarte, Caracas,Venezuela(2013) y *Transfigurar es un país que amas* (Editorial Dos Islas, Miami,Estados Unidos (2020)Sus poemas se han traducido al hindi, checo, serbio, shona, uzbeko, rumano, macedonio, hebreo, bengalí, inglés, árabe, chino, ruso,polaco. Actualmente coordina las secciones #PoesíaVenezolana y #PoetasdelMundo en la Revista Abierta de Poesía Poémame(España).

CONTENIDO

語言文學類　PG2587　台灣詩叢16

海芋都是妳 Tú eres todas las flores de cala
——陳明克漢西雙語詩集

作　　者／陳明克（Chen Ming-keh）
譯　　者／赫迪雅・嘉德霍姆（Khédija Gadhoum）、巫宛真（Wu, Wan-jhen）、
　　　　　維雷斯・武岳（Uriel Alberto Vélez Batista）、Mariela Cordero
叢書策劃／李魁賢（Lee Kuei-shien）
責任編輯／陳彥儒
圖文排版／周妤靜
封面設計／蔡瑋筠

發 行 人／宋政坤
法律顧問／毛國樑　律師
出版發行／秀威資訊科技股份有限公司
　　　　　114台北市內湖區瑞光路76巷65號1樓
　　　　　電話：+886-2-2796-3638　傳真：+886-2-2796-1377
　　　　　http://www.showwe.com.tw
劃撥帳號／19563868　戶名：秀威資訊科技股份有限公司
　　　　　讀者服務信箱：service@showwe.com.tw
展售門市／國家書店（松江門市）
　　　　　104台北市中山區松江路209號1樓
　　　　　電話：+886-2-2518-0207　傳真：+886-2-2518-0778
網路訂購／秀威網路書店：https://store.showwe.tw
　　　　　國家網路書店：https://www.govbooks.com.tw

2021年7月　BOD一版
定價：200元
版權所有　翻印必究
本書如有缺頁、破損或裝訂錯誤，請寄回更換

讀者回函卡

國家圖書館出版品預行編目

海芋都是妳：陳明克漢西雙語詩集 = Tú eres todas las
flores de cala/陳明克著；赫迪雅.嘉德霍姆, 巫宛真, 維
雷斯.武岳, Mariela Cordero譯. -- 一版. -- 臺北市：秀威
資訊科技股份有限公司, 2021.07
　　面；　公分. -- (語言文學類；PG2587)(台灣詩叢；16)
BOD版
中西對照
ISBN 978-986-326-922-9(平裝)

863.51   110009376